AF205579

*Sohen*

*Unvergesslicher Bruder*

*Autor*

Tan Prifti

# SOHEN

## UNVERGESSLICHER BRUDER

TAN PRIFTI

*Sohen*

*Unvergesslicher Bruder*

*Autor*
*Tan Prifti*

Impressum       2020

Texte:         © Copyright by Tan Prifti

Umschlag: © Copyright by Tan Prifti

Kontakt:       tanprifti@yahoo.de


Korrektur / Lektorat: cle-Lektorat

www.cle-lektorat.de


Ein Besonderer  Dank geht an cle-Lektorat.

www.cle-lektorat.de


Herstellung und Verlag:

BoD – Books on Demand, Norderstedt

ISBN: 978-3-7519-5402-0

## Das Buch

Wie können Erfolg und Geld dein Leben beeinflussen? Was ist für dich wichtig im Leben? Wofür würdest du dich opfern? Kannst du dein Schicksal ändern? Mühe lohnt sich, aber dein Leben kannst du nicht tauschen.

Eine Tragödie. Zwei Elternteile verlieren ihr Leben. Für die verwaisten Brüder beginnt ein anderes Leben. Eine Tante, die sich um die Waisen kümmert. Ein unentdecktes Geheimnis.

Gefühle – Hass und Liebe. Ein kleiner Junge wird erwachsen. Zwei Brüder mit zwei verschiedenen Charakteren.

Lory – ein Mädchen, eine große Liebe, eine Inspiration.

Sohen – sein größter Traum wird wahr, aber bis dahin ist es ein langer Weg. Der Weg wird oft blockiert. Warum? Wie weit kann ein Mensch gehen? Was würdest du tun? Was ist Liebe?

Ein Trauma wiederholt sich. Durch Schwierigkeiten wird man stark und erwachsen. Diese Fragen und viele andere suchen ihre Antwort, und die wirst du am Ende des Buches finden.

Bist du neugierig geworden?

Es wird spannend und geheimnisvoll. Die Geschichte ist reinempfundene Fantasie, und unsere Protagonisten genauso.

Ich wünsche Ihnen eine schöne Lesezeit und bedanke mich im Voraus für Ihr Feedback.

Ich würde mich über Ihre Meinung sehr freuen. Schreiben Sie mir einfach unter:

tanprifti@yahoo.de

**Der Autor**

Tan Prifti, geboren im Oktober 1972 in der Stadt Durres, einer Küstenstadt in Albanien. Er lebt in Deutschland und ist glücklich verheiratet. Angefangen zu schreiben hat er schon in seiner Kindheit. Gedichte, Poesie, Belletristik und eine Biografie hat er veröffentlicht. Ab 2011 auch Taschenbücher bei Amazon, danach in anderen Online-Shops. Im Jahr 2015 wurde eine seiner Geschichten im Radio vorgetragen. Eins seiner Gedichte wurde im Jahr 2019 von der Jury ausgewählt und ist in der Bibliothek deutschsprachiger Gedichte veröffentlicht.

Sein Wahlspruch: Schreiben ist die stille Melodie vom Bleistift auf einem Stück Papier.

Sein Blog – autortanprifti.jimdoofree.com

Facebook : Autor Tan Prifti

*Bekannte Bücher in deutscher Sprache:*

„Der Klang des Todes"

Link zum Buch:

https://www.amazon.de/Klang-Todes-1-Tan-Priftiebook/dp/B081H6D8ZG/ref=mp_s_a_1_11?

keywords=tan+prifti&qid=1582437771&sr=8-11

*Über das Buch: Ein Krimi – Thriller*

Eine kurze, spannende Geschichte liegt vor euch. Louis ist eine einfache Frau, die ihr Leben lebt und sich mit ihren Problemen und ihrem Schicksal bis zum Ende auseinandersetzt. Um mehr darüber zu erfahren, wie sich die Ereignisse entwickeln, lesen Sie dieses Buch.

**„Gedichte"**

Link zum Buch:

https://www.amazon.de/Gedichte-

Erschütterte-Gedanken-Weisheiten-

Sprüche/dp/3961037205/ref=mp_s_a_1_12?

keywords=tan+prifti&qid=1582437137&sr=8-

12

**„Der sprechende Pelz."**

Link zum Buch:

https://www.amazon.de/sprechende-Pelz-

Eine-Weihnachtsgeschichte-

ebook/dp/B07V2Y9DZB/ref=mp_s_a_1_2?

keywords=tan+prifti&qid=1582437771&sr=8-

2

# Inhalt

## 01 - Der Verlust

Tränen können weggewischt werden, aber der Schmerz ist so groß wie ein Ozean. Er trifft tief in dein Herz und die offene Wunde schließt sich nie leicht. So groß war der Schmerz für Sohen. Der Junge war gerade achtzehn geworden, und sein Schmerz war weit größer als der seines Bruders Madir. Madir war der ältere Bruder, fast zwanzig Jahre alt. Es waren zwei Jahre vergangen, seit ihre Eltern bei dem Unfall ums Leben gekommen waren. Beide Brüder lebten jetzt bei ihrer Tante Sofie. Die alleinstehende Frau in den Sechzigern hatte sich um die beiden Waisensöhne gekümmert. Das kleine Dorf befand sich inmitten von Bergen, umgeben von Bäumen, in denen das Weiß des Schnees so gut wie nie fehlte. Beide Brüder hatten die Schule abgebrochen. Madir assistierte seiner Tante bei verschiedenen Arbeiten im Stall und auf dem Feld und vielen anderen Tätigkeiten. In dem kleinen Dorf war das Leben nicht einfach. Sohen stand allein und isoliert in seiner düsteren Welt. Das Einzige, was ihm gefiel und Freude machte, waren die Texte, die er schrieb. Alles, was in seinem Kopf herumging, stand bald auf den Seiten seines Tagebuchs. Er schrieb auf, was er fühlte, und seine Tränen verwandelten sich in Buchstaben und Buchstaben in Worte, eine Mischung aus Farben zwischen Trauer und Zukunft.

Madir war oft wütend auf seinen Bruder.

„Steh auf und hilf mir", sagte er oft zu Sohen. Seine Tante nahm ihn dann schützend in die Arme und sagte:

„Aber er ist doch noch ein Kind."

Die Eltern fehlten Sohen so sehr. Fast jeden Tag ging er mit frischen Blumen zu ihrem Grab. Madir war im Gegensatz zu Sohen zurückhaltender. Er versuchte, nicht nur für seinen Bruder, sondern auch für sich selbst stark zu sein. Er versuchte alles, um sein Leid vor seinem Bruder zu verstecken. Aber auch seine Seele litt unter dem Verlust der Eltern.

***

Die Zeit verging, aber für Sohen gab es nicht
einen Tag, an dem er nicht an die Eltern
gedacht hätte. Er fühlte sich schuldig,
obwohl ihn keine Schuld traf. Diesen Tag
würde er nie vergessen. Er erinnerte sich
ganz genau. Er war in der Schule wie an
jeden normalen Tag. Nach der Schule kam
immer ein Elternteil, um ihn abzuholen. Die
Straßen waren oft schneebedeckt, was es für
Auto und Fahrer schwierig machte. Wie
jeden Tag stand er auf dem Schulhof und
wartete, bis Vater oder Mutter erschien.
Diesmal dauerte das Warten länger als sonst.
Plötzlich stand die Mutter eines seiner
Freunde vor ihm.

„Sohen, heute bringe ich dich nach Hause!"
Der Junge war überrascht. Sonst waren doch
immer die Eltern da, um ihn abzuholen,
entweder der Vater oder die Mutter. An
diesem Tag war keiner von beiden zu sehen.
„Was ist geschehen? Wo sind meine Eltern?",
fragte Sohen die Mutter des Freundes. Sie
hatte nicht den Mut, ihm zu sagen, was vor
kurzem geschehen war. Die Eltern waren mit
ihrem Auto auf dem Weg in Richtung Schule.
Die Straßen waren glatt, und plötzlich flog
das Auto von der Straße, drehte sich ein
paarmal und krachte gegen einen Baum.
Beide waren sofort tot.
Er stieg ins Auto. Es herrschte Stille.
Niemand sagte ein Wort. Selbst sein Freund
wirkte, als habe ihm jemand den Mund

zugeklebt. Sohen hatte das Gefühl, dass irgendetwas nicht stimmte, aber genau wie sein Freund starrte auch er wortlos aus dem Fenster des Autos. Es fühlte sich an wie ein Kloß im Magen. Das Auto näherte sich Sohens Elternhaus. Vor dem Haus war der Sheriff zu sehen. Was konnte bloß passiert sein? Er sprang aus dem Auto und stürzte ins Haus. Sein Bruder Madir saß auf einem Stuhl mit den Händen vor dem Gesicht, um die Tränen zu verstecken, aber seine Stimme verriet, dass er weinte. Die Tante war auch da. *Warum ist sie gekommen?* fragte sich Sohen. Er spürte immer deutlicher, dass etwas ganz und gar nicht stimmte.

„Wo sind die Eltern? Was ist hier los?" fragte er seinen Bruder mit zittriger Stimme.

Tante Sofie schaute den Jungen mit Tränen in den Augen an. Sie näherte sich ihm und nahm ihn in den Arm.

„Sei stark, mein Kind", sagte sie zu ihm. Tränen flossen über das Gesicht des Jungen, dem nun klar wurde, was passiert war. Die Eltern waren tot. Sohens Herz war zerschmettert, eine Grube in seinem Magen war geöffnet. Eine ganze Welt brach in ihm zusammen. Madir spürte auch den Schmerz, aber er ging anders damit um als sein Bruder. Er biss auf die Zähne, er wollte ein Mann sein. Was würde jetzt passieren? Wie würde es weitergehen? Der Schmerz ist groß, aber den Weg des Lebens muss man weitergehen. Dein Leben kann sich plötzlich von einem Tag auf den anderen ändern, und niemand kann es verhindern. Du kannst nicht vorhersehen, was geschehen wird. Ist das Schicksal, ist vielleicht schon alles über dein Leben festgeschrieben? Was würdest du tun? Nichts, als schnell aus der Grube zu kommen, in die du gefallen bist, und dein Leben wieder zu umarmen, um vorwärts zu kommen. Du bist in dem Moment da, in dem die beiden Welten durch die Toten und die Lebenden getrennt sind, die wahrscheinlich immer eine Verbindung miteinander haben.

*** 

Und so übernahm die Tante die Rolle der Mutter für die beiden Jungs, gleichzeitig Madir die des Vaters für Sohen.

„Ich bleibe bei euch", sagte die Tante zu den Jungs. Madir gefiel dies nicht so sehr. Er wollte lieber allein mit seinem Bruder Sohen im Haus bleiben. Aber wer sollte für die beiden kochen, Wäsche waschen und so weiter? Und so schlug das Leben für die beiden Brüder eine andere Richtung ein. Die Tante beschloss, dass die Jungs einfach zuhause bleiben sollten, um ihr zu helfen. Sohen wäre lieber weiter zur Schule gegangen, aber das wollte die Tante auf keinen Fall. Seit dem, was passiert war, hatte sich vieles verändert. Madir half seiner Tante, und auch Sohen packte ab und zu mit an, obwohl ihm dazu meistens die Kraft fehlte. Dann ging er in sein Zimmer, öffnete sein Tagebuch und schrieb.

Er mochte Geschichten, besonders Fantasy-Geschichten, aber dieses Mal schrieb er eine wahre Geschichte, und das war seine eigene. Durch die Worte, die er schrieb, fühlte er sich getröstet. Das Schreiben gab ihm die Kraft, mit der Trauer umzugehen. Er träumte davon, eines Tages ein großer Schriftsteller zu werden. Aber ohne die Schule und Abitur, wie sollte das gehen? Oder vielleicht doch? Bei Madir war es anders. Er wollte nicht mehr zur Schule gehen, mochte das Arbeiten im Stall bei den Tieren und auf dem Land. Davon abgesehen blieb Madir ja auch nichts anderes übrig. Er war nun der Mann im Haus. Die Tante konnte auch nicht viel tun, auch wenn sie versuchte, für die zwei Jungs das Beste zu geben. Sie unterrichtete die beiden zuhause. Sohen lernte gern und hörte gut zu, im Gegensatz zu Madir, der dazu überhaupt keine Lust hatte. Das Kapitel Schule war für ihn abgeschlossen.

So entwickelte sich das weitere Leben für die drei.

„Ein Tag nach dem anderen vergeht, und ich muss immer an euch denken, ich vermisse euch so sehr, meine Eltern." So lauteten die ersten Sätze in Sohens Tagebuch ...

## 02 - Das Tagebuch

„Tante, ich möchte gern weiter zur Schule gehen", sagte Sohen eines Tages. „Mein Sohn, ich lehre dich jeden Tag hier", antwortete die Tante. „In der Schule wirst du auch nichts anderes lernen. Wir müssen uns auch um die Tiere kümmern und um das Land. Dein Bruder braucht dich hier."

„Ich brauche den nicht, den Schriftsteller, pfff … komme gut allein zurecht", antwortete Madir ironisch.

„Sohen, kannst bitte etwas Holz von draußen holen?", fragte die Tante.

„Ja, Tante, mach ich", antwortete Sohen. Als er die Tür öffnete und hinausging, wandte sich die Tante an Madir.

„Ich muss kurz mit dir reden", sagte sie.

„Sohen ist noch so jung. Er wird zwar schon achtzehn, aber du weißt, wie schlecht er das Ganze verkraftet. Sieh ihm das bitte nach. Ich weiß, für dich war es auch nicht leicht, aber du bist anders als er, du bist stärker."

Dann wurde die Tür geöffnet und Sohen kam mit dem Kaminholz herein.

„Danke, Sohen", sagte Tante Sofie und rief zum Abendessen.

Draußen war es kalt und windig. Das Feuer im Kamin erwärmte den Raum, aber nicht die Seelen der beiden Brüder. Es herrschte Stille während des Essens, nur das Klappern des Bestecks war zu hören.

„Ich gehe dann mal schlafen", brach Madir schließlich die Stille und ging. Sohen stand auf und fing an, das Geschirr abzuräumen und in die Küche zu tragen. Die Tante sah ihm liebevoll zu. Sie liebte die beiden Jungs, als ob diese ihre eigenen Kinder seien.

„Gute Nacht, Sohen, schlaf gut, mein Kind", sagte sie und ging in ihr Zimmer. Auch Sohen ging in sein Zimmer, öffnete sein Tagebuch und begann zu schreiben. Aus dem anderen Schlafraum hörte man bald Madirs Schnarchen. Sohen liebte seinen Bruder und schätzte sehr, was dieser alles für ihn tat. Er fragte sich jedoch, warum Madir immer etwas gegen das Schreiben hatte. *Ich liebe das Schreiben, ich liebe die Geschichten, die Poesie, ich werde niemals aufhören zu schreiben*, dachte der Junge. *Wieso kapiert Madir das nicht?*

Die Nacht bedeckte den Himmel und die Träume verwischten Sohens Gedanken.

*Eines Tages werde ich mein Buch bei einem Verlag vorstellen,* dachte Sohen, während er weiter auf dem Bett schrieb, bis ihm die Augen zufielen und der Bleistift auf den Boden fiel.

Plötzlich war ihm, als ob sich ihm ein weißer Schatten näherte. Und dann hörte er die Stimme seiner Mutter.

„Sohen, mein Sohn, bitte quäle dich nicht. Du hast keine Schuld, hörst du? Und ich werde immer in deiner Nähe sein."

Sohen wusste nicht, ob dies Traum oder Wirklichkeit war, so real fühlte es sich an.

„Oh Mutter, ich vermisse dich so sehr", hauchte er und versuchte, den weißen

Schatten zu umarmen. Und griff ins Leere.

Nun war er wach und öffnete die Augen. Der Schatten war verschwunden, und durch das Zimmerfenster sah er, wie draußen der Schnee fiel. Es war nur ein Traum gewesen, und er war allein.

***

„Sohen, kommst du zum Frühstück?", hörte man die Stimme von Tante Sofie.

„Ja, Tante, ich komme", antwortete Sohen. Er ging die Treppe hinunter und betrat die Küche.

„Wo ist Madir?", fragte er.

„Er ist früh aufgestanden und in den Stall gegangen, um die Tiere zu füttern. Wie jeden Morgen", sagte Tante Sofie.

Sohen setzte sich und begann mit dem Frühstück. In diesem Augenblick öffnete sich die Tür und Madir erschien.

„Guten Morgen, Bruder", sagte Sohen. Madir murmelte etwas Unverständliches und sah ihn gereizt an. Wieder war zu spüren, dass sich die Beziehung der Brüder zueinander seit dem Tod der Eltern verändert hatte.

„Du könntest mir heute ein wenig helfen", sagte Madir.

„Gern. Was soll ich tun?", fragte Sohen.

„Wir müssen in die Stadt fahren und ein paar Schweine verkaufen." Madir hörte sich mittlerweile an wie ein echter Mann. Dann sah er Sohens Tagebuch auf dem Tisch liegen.

„Du gehst mir auf die Nerven mit deinem Scheiß-Tagebuch. Ein Tagebuch gibt uns weder etwas zu essen noch hilft es dabei, unsere anderen Kosten zu tragen."

Sohen weinte beinahe. Er war sehr sensibel, und Madirs Worte stachen ihm wie ein Messer ins Herz.

„Warum muss ich mir das immer wieder von dir anhören, Madir?", fragte er mit zittriger Stimme.

„Weil es die Wahrheit ist! Und jetzt beweg dich, wir müssen los, sonst ist der Markt vorbei."

Ohne ein weiteres Wort gingen sie hinaus, verfrachteten die Schweine in den Anhänger und fuhren los Richtung Stadt. Immer noch fiel Schnee, und die Straße war weiß.

Auch die Bäume trugen das Weiß der letzten Wintertage.

Sohen holte sein Tagebuch aus der Tasche und wollte mit dem Schreiben beginnen.

Plötzlich griff Madir nach dem Buch und wollte es aus dem Fenster werfen. Sohen versuchte, das Buch festzuhalten. Bei dem Gerangel verlor Madir die Kontrolle über den Wagen, der mit einem Straßenschild kollidierte und sich mitsamt dem Anhänger überschlug. Die Schweine fielen im Anhänger übereinander; einige bewegten sich nicht mehr. Madir und Sohen waren beide blutüberströmt.

„Oh Gott!", schrie Madir und packte Sohens Kopf. Dieser öffnete kurz die Augen, verlor dann aber die Besinnung.

Glücklicherweise war bald Sirenengeheul zu hören. Jemand hatte sofort einen Krankenwagen und die Polizei gerufen. Madir und Sohen wurden vorsichtig aus dem Autowrack gezogen und in den Krankenwagen gelegt. Dort setzten die Ärzte ihnen Sauerstoffmasken auf. Sohen öffnete kurz die Augen und versuchte, den Pflegern ein Zeichen zu machen.

„Beruhige dich, Junge, alles wird gut", sagte einer der Sanitäter, bevor der Krankenwagen mit durchdrehenden Rädern losfuhr.

Im Krankenhaus angekommen, bat Madir darum, Tante Sofie zu informieren. Es dauerte jedoch ein paar Stunden, bis jemand diesem Wunsch nachkam. Tante Sofie war mittlerweile besorgt, weil die beiden Jungs nicht zurückkamen. Als das Telefon klingelte und man ihr berichtete, was passiert war, wurde sie blass und begann zu weinen. Am ganzen Körper zitternd, ging sie zum Auto. Sie fuhr sehr selten, aber nun musste es sein. Sie kam unversehrt am Krankenhaus an und rannte völlig aufgelöst hinein.

„Wo sind meine Jungs?", rief sie der Dame am Empfang zu. Die Frau wusste bereits Bescheid.

„Die beiden liegen auf der Intensivstation, und Sie dürfen leider noch nicht zu ihnen. Ich darf Ihnen aber schon einmal sagen, dass sie außer Gefahr sind. Wenn Sie wollen, können Sie von außen einen Blick in das Zimmer werfen."

Tante Sofie liefen die Tränen der Erleichterung über die Wangen, als sie ihre Jungs dort liegen sah mit den Sauerstoffmasken auf dem Gesicht. Sie war so froh, dass beide noch am Leben waren.

### 03 - Im Krankenhaus

Nach zwei Tagen hatte sich der Gesundheitszustand der Brüder soweit gebessert, dass Tante Sofie sie nun auch am Bett besuchen durfte. So wie ihr der Unfall von den Augenzeugen und der Polizei geschildert worden war, hatten die beiden einen Schutzengel gehabt. Madir wirkte auf sie, als habe er ein schlechtes Gewissen und wolle sich für etwas entschuldigen, aber sie hatte ja keine Ahnung, warum der Unfall passiert war.

„Tante, wo ist mein Tagebuch?", fragte Sohen. „Bitte finde es, ich brauche es unbedingt."

„Beruhige dich, mein Herz, ich werde es finden und dir bringen", sagte Sofie. Sohen war unruhig und wollte aufstehen.

„Ich brauche das Buch, ich brauche das Buch".

„Ich werde dir helfen", sagte Madir plötzlich mit leiser Stimme. Sohen sah ihn vorwurfsvoll und beinahe hasserfüllt an.

Sofie erkannte, dass zwischen den beiden etwas Gravierendes vorgefallen sein musste.

„Ich möchte, dass ihr freundlicher miteinander umgeht", sagte sie streng, „schließlich seid ihr Brüder."

Niemand sagte darauf etwas. Die Stille wurde erst wieder unterbrochen, als ein Arzt und ein junges Mädchen, das wie eine Praktikantin aussah, hereinkamen.

„Guten Tag Jungs, wie geht's euch?", fragte der Doktor aufmunternd. „Ihr habt echt großes Glück gehabt."

Das junge Mädchen schaute unentwegt Sohen an. Er spürte ihren Blick, und es war, als würden sich zwei Welten vereinen.

Der Doktor schaute sich die Verletzungen der Brüder an und wandte sich zur Tür.

„Herr Doktor, wie ist der Zustand meiner Jungs?", lief Tante Sofie hinter dem Arzt her.

„Wie gesagt, sie haben großes Glück gehabt", antwortete dieser. „Wir werden sie nur noch ein paar Tage zur Beobachtung hierbehalten."

„Danke vielmals", sagte die Tante erleichtert. Währenddessen hörte Sohen im Zimmer die leise Stimme seines Bruders.

„Ich möchte mich entschuldigen, Sohen. Ich habe das nicht gewollt."

Sohen sagte nichts, schüttelte aber den Kopf, um seinem Bruder zu signalisieren, dass alles in Ordnung war.

Tante Sofie betrat wieder das Zimmer. „Nun, meine Jungs, ich gehe jetzt. Morgen komme ich wieder, um nach euch zu sehen. Streitet nicht miteinander und vergesst nicht, dass ihr Brüder seid." Sie küsste jeden auf die Stirn und ging.

Kurz darauf erschien die junge Praktikantin mit zwei Medizinschalen.

„Hallo, hier sind eure Medikamente. Wie immer eine jetzt und zwei am Mittag. Abends braucht ihr keine mehr."

„Danke", sagte Madir, „wir kommen schon klar."

Als das Mädchen das Zimmer verlassen wollte, nahm Sohen seinen ganzen Mut zusammen und fragte: „Wie heißt du?"

„Lory", antwortete sie.

„Kannst du mir vielleicht Papier und Bleistift bringen, Lory?", fragte er.

„Du kannst meinen Block nehmen, ich hole mir dann einen neuen", sagte das Mädchen freundlich.

„Danke, Lory", sagte Sohen. „Ich schreibe nämlich sehr gern."

„Das finde ich gut", meinte die Krankenschwester. „Wir können uns das nächste Mal darüber unterhalten.

Aber jetzt muss ich arbeiten." Und Lory verließ das Zimmer.

Madir hatte die Unterhaltung nicht gefallen. Fast schien es, als sei er ein bisschen eifersüchtig.

„Ich muss hier raus!", sagte er plötzlich.

„Wir können nicht so einfach gehen", sagte Sohen. „Außerdem kannst du mit deinem Bein doch gar nicht richtig laufen."

„Klar kann ich laufen, es ist alles gut", sagte Madir trotzig. „Tante Sofie ist allein zuhause und braucht Hilfe. Du kannst ja hierbleiben, aber ich gehe."

„Sag mal, Madir, müssen wir immer streiten?", fragte Sohen traurig, aber mit fester Stimme. „Der Doktor hat gesagt, wir müssen noch ein paar Tage hierbleiben."

Tatsächlich schien sich Madir wieder zu beruhigen. Er blieb in seinem Bett, und es wurde still im Zimmer. Sohen nutzte die Gelegenheit und begann zu schreiben.

„Und meine Füße klebten fest an …"

Bald verlor er sich in seiner Fantasie und schrieb alles nieder, was ihm durch den Kopf ging. Madir hatte die Augen geschlossen und schien zu schlafen. Manchmal schnarchte er dabei ein wenig. Sohen sah den entspannten, beinahe freundlichen Gesichtsausdruck seines Bruders an und fragte sich, warum sie bloß ständig miteinander streiten mussten.

*Was hat er nur dagegen, dass ich schreibe? Ich liebe meinen Bruder, aber er hat sich seit dem Tod unserer Eltern sehr verändert.*

## 04 - Lory

Diese Gedanken beschäftigten Sohen auch noch am nächsten Tag, als er weiterschrieb.

Dann sah er plötzlich Lory an der geöffneten Zimmertür vorbeigehen. Er legte den Block zur Seite und sprang aus dem Bett.

„Hey, Lory", rief er.

Das Mädchen drehte sich um. „Ja, Sohen, ist irgendetwas?"

„Nein, alles gut. Ich würde nur gerne deine Meinung hören."

„Meine Meinung? Worüber denn?", fragte die Krankenschwester.

„Na, darüber, was ich schreibe. Ich könnte dir etwas davon vorlesen, wenn du ein wenig Zeit hast."

Lory überlegte kurz. „Weißt du was, ich habe tatsächlich gerade ein bisschen Luft. Was hältst du davon, wenn wir nach draußen gehen, und du liest mir dann vor?"

Sie machten sich auf den Weg nach draußen.

„Wie geht es mit dem Laufen?", fragte Lory besorgt.

„Es geht ziemlich gut, ich fühle mich schon viel besser", antwortete Sohen.

Sie setzten sich auf eine Bank im Krankenhaushof.

„Kommst du aus dieser Gegend, Lory?", fragte Sohen das Mädchen. Und sie begannen, sich voneinander zu erzählen.

Dann las Sohen ihr vor, was er im Krankenbett geschrieben hatte.

Als er fertig war, schaute sie ihn mit leuchtenden Augen an. „Mensch, Sohen, das ist ja ganz toll, was du schreibst. Deine Geschichte ist atemberaubend. Du solltest so etwas unbedingt an einen Verlag schicken."

Sohen war außer sich vor Freude. So positiv hatte sich noch nie jemand über seine Geschichten geäußert. Und dabei war das, was er Lory vorgelesen hatte, lediglich der kleine Teil einer Geschichte gewesen. Irgendwie hatte er das Gefühl, in Lory eine Seelenverwandte gefunden zu haben. Da schien etwas Magisches zwischen ihnen zu sein. Oder war das vielleicht sogar Liebe? Während sie sich noch unterhielten, erschien plötzlich Madir. „Sohen, Tante Sofie ist gekommen und wartet im Zimmer.

Wir haben uns schon Sorgen gemacht, ob etwas passiert ist."

„Nein, es ist alles gut", sagte Sohen. „Du warst am Schlafen, und ich habe Lory getroffen und ihr ein wenig vorgelesen. Und sie ist begeistert von dem, was ich geschrieben habe", fügte er stolz hinzu.

Madir schien ganz und gar nicht begeistert, sagte aber nichts dazu.

„Okay, ich gehe dann mal wieder rein", sagte er dann. „Kommst du auch gleich?"

„Ja, ich komme gleich", antwortete Sohen etwas genervt.

„Ihr scheint euch nicht besonders gut zu verstehen", sagte Lory, als Madir verschwunden war. „Sieht so aus, als wolle dein Bruder immer das letzte Wort haben."

„Ja, so ist es", seufzte Sohen. „Madir hat sich sehr verändert, seit wir unsere Eltern verloren haben. Er ist halt jetzt der Mann im Haus und muss viel zuhause tun. Und er hat etwas dagegen, dass ich schreibe, aber ich weiß nicht, warum. Deshalb ist übrigens auch der Unfall passiert. Aber bitte behalte das für dich, okay?"

Als Lory nickte, erzählte er ihr, was vorgefallen war und zum Unfall geführt hatte. Sie hörte aufmerksam zu, sagte aber nichts.

Schließlich stand sie auf. „So, Sohen, ich muss dann mal wieder an die Arbeit."

„Danke für deine Zeit, Lory. Es hat mir sehr viel Spaß gemacht", sagte Sohen.

Das Mädchen lächelte; auch ihr schien es gefallen zu haben. Sie gingen zurück ins Haus und trennten sich, als sie auf der Station ankamen.

„Oh, mein Sohn, was treibst du da? Du musst doch im Bett bleiben und darfst nicht draußen herumlaufen", empfing ihn Tante Sofie im Zimmer vorwurfsvoll, küsste ihn aber liebevoll auf die Stirn.

„Tante Sofie, wir sind doch keine Kinder mehr", sagte Sohen. „Mir geht es doch wieder gut."

„Für mich seid ihr aber noch meine Kinder", antwortete die Tante energisch. „Übrigens habe ich mit dem Doktor gesprochen, und der hatte gute Nachrichten; ihr dürft nämlich morgen nach Hause. Und für dich, Sohen, habe ich noch eine gute Nachricht."

„Hast du etwa mein Tagebuch?", jauchzte Sohen.

Tante Sofie griff in ihre Handtasche und holte das Tagebuch heraus. Sohen griff ungeduldig danach und war glücklich.

„Danke, Tante Sofie, vielen, vielen Dank", sagte er voller Freude.

Madir schaute finster zu, sagte aber nichts. Er hasste das Tagebuch, und es schien ihm außerdem, als ob Tante Sofie Sohen mehr liebte als ihn, obwohl er derjenige war, der zuhause die ganze Arbeit tat. *Na wartet,* dachte er, *wenn ich wieder zuhause bin, werde ich es euch schon zeigen.*

„So, Jungs, ich gehe dann mal wieder.
Morgen komme ich, um euch abzuholen",
sagte Tante Sofie und verließ das Zimmer. Es
wurde still, und Sohen begann sofort wieder,
in sein Tagebuch zu schreiben, während
Madir auf dem Bett lag und seinen
Gedanken nachhing. Die Kommunikation
zwischen ihnen war wirklich nachhaltig
gestört, nachdem Madir sich so sehr zu
seinem Nachteil verändert hatte. So empfand
es Sohen jedenfalls.

Dann öffnete sich die Tür, und eine
Krankenschwester brachte das Abendessen.
Das erinnerte Sohen daran, dass er eigentlich
lieber hierbleiben wollte, damit er seine neue
Freundin Lory sehen konnte, während Madir

sich darauf freute, bald wieder zuhause zu sein.

Nach dem Abendessen das gleiche Bild. Während Madir sich bereits schlafen legte und kurze Zeit später zu schnarchen begann, schrieb Sohen beinahe bis Mitternacht, ehe ihm die Augen zufielen und er einschlief.

„Sohen, gib mir deine Hand und komm mit mir", hörte er Lorys Stimme.

„Wohin gehen wir?", fragte Sohen. Im Krankenhausflur war niemand zu sehen, als sie nach draußen gingen. Auf der Bank im Hof, auf der sie gestern gesessen hatten, saßen seine Eltern. Er rannte auf sie zu und umarmte sie stürmisch.

„Sei vorsichtig, Sohen, aber glaube an deinen Traum", sagte seine Mutter zu Sohen.

„Komm zu uns, Lory; wir sind glücklich, dass ihr beide euch gefunden habt. Wie weit bist du mit deinem Buch, Sohen? Du musst es unbedingt an einen Verlag schicken, versprichst du das?"

***

Plötzlich war alles hell, und Sohen befand sich wieder in seinem Zimmer; nebenan schnarchte sein Bruder.

„Guten Morgen, Jungs", hörte er die Stimme von Tante Sofie. Sohen sah sich schlaftrunken um. War das jetzt Traum oder Wirklichkeit?

„War Lory hier?", fragte er.

„Nein, mein Kind", sagte Tante Sofie.

„Warum fragst du?"

„Och, nichts, ich dachte nur, sie sei vielleicht hier gewesen."

„Können wir jetzt nach Hause?" Mittlerweile war auch Madir aufgewacht.

„Ich glaube schon, aber ich muss noch einmal mit dem Arzt sprechen, um sicherzugehen", antwortete ihre Tante und verließ das Krankenzimmer.

In dem Augenblick, als Sohen dachte, *ich muss Lory unbedingt von meinem Traum erzählen,* hörte er ihre Stimme auf dem Flur. Er sprang auf und lief aus dem Zimmer.

„Hallo Lory, ich muss dir etwas erzählen", rief er ihr zu. Sie gingen in eine Ecke des Korridors, und Sohen berichtete der Krankenschwester von seinem Traum.

„Das war nur ein Traum, Sohen, nichts weiter", sagte Lory.

„Nein, Lory, es war alles so echt, so real. Und meine Eltern sagten mir außerdem, ich solle vorsichtig sein. Warum sagen die mir bloß so etwas? In welcher Hinsicht soll ich vorsichtig sein? Ich kapiere es nicht. Ich kapiere überhaupt nichts mehr."

„Beruhige dich, Sohen, es war nur ein Traum", wiederholte das Mädchen und gab ihm einen Zettel. „Ich muss jetzt an die Arbeit. Hier hast du meine Handynummer. Ruf mich an, wenn du zuhause bist, okay?" Und weg war sie.

## 05 - Das Feuer

Tatsächlich durften sie noch vor dem Frühstück nach Hause. Tante Sofie hatte zuhause bereits ein festliches Frühstück vorbereitet. *Es ist doch schön, wieder zuhause zu sein,* dachte Sohen, obwohl er Lory jetzt schon vermisste. *Aber ich habe ja ihre Handynummer.*

Madir war sehr still und in sich gekehrt. Als Tante Sofie meinte, sie müssten jetzt erstmal überhaupt nichts tun und sollten sich noch eine Weile erholen, dachte er, *wer soll denn die Arbeit machen? Wer soll sich um die Tiere und das Land kümmern? Der Schriftsteller?*

Nach dem Frühstück ging Sohen auf den Hof und begann zu schreiben. Es war ein wunderschöner Tag, die Sonne schien, es war jedoch noch ziemlich kühl. Tante Sofie kümmerte sich um die Hausarbeit und Madir ging in den Stall, um nach den Tieren zu sehen. *Dieser Faulpelz,* dachte er verbittert, *der denkt nur ans Essen und ans Schreiben.* Später am Tag kam das Postauto vorbei. Sohen hatte einen Brief vorbereitet, den er nun dem Postboten übergab. Darin befand sich eine Geschichte aus seinem Tagebuch, die er jetzt an einen Verlag schicken wollte.

\*\*\*

Einige Tage vergingen. Dann klingelte das Telefon. Lory war am Apparat. Sohen hatte sich bisher nicht getraut, seine neue Freundin anzurufen.

„Wie geht es dir, Sohen?", fragte sie.

„Hallo Lory, mir geht es gut", antwortete Sohen. „Und dir?"

„Mir auch. Ich würde dich gern besuchen. Ist dir das recht?"

„Natürlich! Ich freue mich und warte auf dich." Sohen war überglücklich. Lory würde ihn besuchen. Die einzige Person, die ihn verstand und inspirierte. Schnell lief er zu Tante Sofie und teilte ihr die Neuigkeit mit.

„Das ist toll, Sohen", sagte die Tante, „dann koche ich am besten heute für vier, und wir essen alle zusammen zu Mittag."

„Du musst nicht für vier kochen", brummte Madir, der das Gespräch mitgehört hatte.

„Ich habe keinen Hunger."

„Fühlst du dich nicht gut, Madir? Soll ich dir einen Tee kochen?" fragte Tante Sofie besorgt.

„Nein, es ist alles in Ordnung, ich habe nur keinen Appetit."

„Okay. Aber ich werde trotzdem genug kochen für den Fall, dass du es dir noch anders überlegst."

Madir stand wortlos auf und ging in den Stall.

Kurz vor Mittag hörte Sohen ein Auto kommen. Es war Lory.

„Hallo Sohen", sagte sie lächelnd, als sie ausgestiegen war.

„Hallo Lory, wie schön, dass du da bist. Das ist meine Tante Sofie. Madir ist im Stall und wird sicher auch gleich kommen."

„Willkommen, Lory", sagte Tante Sofie.

„Dann werde ich jetzt mal den Tisch decken."

Gerade als sie sich zum Essen hinsetzen wollten, kam Madir ins Haus gerannt.

„Kommt schnell, im Stall brennt es!"

Sofort rannten alle hinaus, um das Feuer zu löschen. Sohen und Lory führten die Tiere aus dem Stall, während Madir und Tante Sofie versuchten, den Brand zu löschen.

Nach zwei Stunden war es geschafft. Die Feuerwehr, die erst jetzt ankam – das kleine Dorf lag tief versteckt in den Bergen – musste nichts mehr tun. Sie versuchten, das Dach so gut es ging zu reparieren, um die Tiere wieder in den Stall bringen zu können.

Dann setzten sie sich erschöpft in die Küche, aber niemand hatte Hunger.

„Ich verstehe nicht, wie das passieren konnte", sagte Tante Sofie. „Aber am wichtigsten ist, dass uns und den Tieren nichts passiert ist." Madir sagte nichts dazu. Sohen unterhielt sich angeregt mit Lory, und während Madir missmutig und offenbar eifersüchtig dreinschaute, beobachtete Tante Sofie die beiden mit Wohlwollen und dachte, *die sehen fast aus wie ein schönes Taubenpaar.* Sohen berichtete seiner Freundin, dass er sein Exposé an einen Verlag geschickt hatte. Lory fand das toll und bestärkte ihn darin, seine Geschichte unbedingt weiterzuschreiben.

***

Schließlich musste das Mädchen nach Hause.
Sie hatte kräftig mitgeholfen, den Brand zu
löschen, und war ziemlich geschafft. Sohen
und Tante Sofie bedankten sich bei ihr für
die Hilfe. Madir verkniff sich jedes Wort und
brachte nur ein „Auf Wiedersehen"
zustande. Sohen brachte Lory zum Auto. Sie
sahen sich an, und der Junge nahm all seinen
Mut zusammen und küsste sie leicht auf die
Lippen. Dann verschwand Lorys kleines
Auto im Nebel.
Sohen ging noch einmal zum Stall, um sich
zu vergewissern, dass alles in Ordnung war.
Den Tieren schien es gut zu gehen. Aber in
einer Ecke sah Sohen plötzlich etwas hell

Glänzendes. Er ging hin und hob es auf. Es war ein Feuerzeug mit den Initialen „B. K.". Das Feuerzeug ihres Vaters. Und was lag dort in der anderen Ecke des Stalls? Eine Flasche? Sohen hob auch diese auf. Er roch daran. Benzin! *Das kann doch nicht sein,* dachte er. *Ist es etwa schon so weit gekommen? Das kann ich nicht glauben. Madir!*

„Ist Lory nach Hause gefahren?", fragte Tante Sofie, als Sohen das Haus betrat. Der Junge reagierte kaum.

„Ja, ja, sie ist weg", murmelte er, schaute aber seinen Bruder an, der irgendetwas zu suchen schien.

„Suchst du vielleicht das hier?", fragte Sohen und hielt das Feuerzeug hoch. Madir wurde augenblicklich blass und sagte kein Wort.

Tante Sofie schaute verständnislos von einem zum anderen.

„Sagt mir, dass du das nicht getan hast. Sag es!" Sohens Stimme überschlug sich.

„Was soll ich sagen? Was willst du von mir?" Madir schien genervt.

„Würde mir zum Teufel mal jemand sagen, was hier los ist?", verlor ihre Tante die Geduld. „Was habt ihr zwei bloß ständig?"

„Sag es, Madir", sagte Sohen noch einmal und wandte sich dann an die Tante.

„Er ist es, der den Stall angesteckt hat", zeigte er anklagend auf seinen Bruder.

„Nein, das kann nicht sein. Das ist unmöglich." Tante Sofie war einer Ohnmacht nah.

„Doch, es ist wahr. Ich habe Papas Feuerzeug im Stall gefunden. Und eine leere Flasche, in der Benzin war."

„Warum hast du das getan, mein Sohn?", fragte Tante Sofie fassungslos.

Madir sagte kein Wort und rannte aus dem Haus. Sohen sprang auf und wollte ihm nacheilen; es war spät und dunkel draußen.

„Lass ihn, Sohen", sagte Tante Sofie und hielt ihn zurück. „Lass ihn allein. Vielleicht denkt er nach und versteht, was er getan hat. Wir hatten wirklich großes Glück heute. Und die Tiere erst. Ich weiß einfach nicht, was mit dem Jungen los ist. Er scheint so voller Hass zu sein. Ich weiß nicht mehr, was ich tun soll.

Ich gehe jetzt ins Bett, Sohen. Bitte versprich mir, dass du nicht mit Madir streitest, wenn er zurückkommt, ja?"

„Ich verspreche es, Tante Sofie. Gute Nacht."

Als Tante Sofie gegangen war, fragte sich Sohen, wo sein Bruder wohl hingelaufen war. Es ließ ihm keine Ruhe, also ging er nach einiger Zeit nach draußen, um ihn zu suchen. Er rief mehrmals seinen Namen, erhielt aber keine Antwort. Schließlich fand er Madir im Stall, auf dem Stroh am Boden sitzend.

„Madir, hier kannst du nicht bleiben, hier ist es zu kalt. Komm ins Haus, mein Bruder."

Mit tonloser Stimme sagte Madir: „Geh schon, ich komme gleich."

Sohen überlegte kurz, ob er seinem Bruder sagen sollte, was ihn bewegte. Dann fasste er sich ein Herz.

„Madir, bitte sei nicht böse auf mich. Tante Sofie und ich lieben dich und schätzen sehr, was du alles tust und wie hart du arbeitest. Und es tut mir sehr leid, dass es zwischen uns so schlecht steht. Aber du weißt auch, dass ich das Schreiben liebe und nicht der Typ bin, der im Stall oder auf dem Land arbeitet. Ich wünsche mir sehr, dass du das verstehst."

Sohen wusste nicht, ob die Worte bei seinem Bruder ankamen. Am liebsten hätte er ihn umarmt, aber dazu fehlte ihm der Mut. So verließ er ohne ein weiteres Wort den Stall. Er ging in sein Zimmer und legte sich aufs

Bett. Obwohl es spät war und der Tag viel Kraft gekostet hatte, konnte er nicht schlafen. Und zum Schreiben war er jetzt auch nicht in der Lage. Zu düster waren die Gedanken in seinem Kopf. Er machte sich große Sorgen um seinen Bruder.

Dieser kam erst gegen drei Uhr in der Nacht in sein Zimmer und legte sich ins Bett. Sohen war immer noch wach und hörte ihn nebenan, sagte aber nichts. *So ist es besser,* dachte er. *Morgen ist ein neuer Tag, vielleicht wird ja dann alles besser.*

Schließlich fiel er in einen tiefen Schlaf. Wieder träumte er von Lory, mit der er Hand in Hand über die Felder lief. Ja, in seinen Träumen war er frei, in seinen Träumen gab es Hoffnung.

## 06 - Unverhoffte Post

Wie jeden Morgen wurden sie lautstark von Tante Sofie geweckt. „Frühstück ist fertig!" Die Nacht war kurz gewesen, und müde trotteten beide in die Küche.

„Guten Morgen, ihr beiden", sagte Tante Sofie und versuchte, fröhlich zu klingen.

„Guten Morgen, Tante Sofie", antworteten beide einstimmig.

An diesem Morgen schien wieder alles gut zu sein. Sie lachten miteinander, und Tante Sofie war glücklich, die Jungs wieder gut gelaunt zu sehen.

Als Madir aufstand, um in den Stall zu gehen, folgte ihm Sohen.

„Schreibst du heute nicht?", fragte der Ältere.

„Nein, Madir, erst später", antwortete Sohen.

„Vorher helfe ich dir im Stall."

„Das musst du aber nicht, Sohen", sagte

Madir verwundert.

„Okay, dann gehe ich wieder", lachte Sohen

und tat so, als wolle er umkehren.

Madir lachte mit. *So müsste es immer sein mit*

*meinem Bruder,* dachte Sohen wehmütig.

Sie arbeiteten bis zum Mittag gemeinsam im

Stall. Dann hörten sie draußen

Motorengeräusch.

„Das ist die Post", rief Sohen. „Mal sehen, ob

etwas für mich dabei ist."

Er rannte nach draußen und fragte den

Briefträger: „Haben Sie Post für mich?"

„Ja, hier ist ein Brief für dich", antwortete

dieser und hielt ihm einen Umschlag hin.

Sohen riss ungeduldig das Kuvert auf. Das Schreiben kam tatsächlich von dem Verlag, dem er seine kleine Geschichte geschickt hatte. Sie schrieben, es habe ihnen gefallen und sie würden es gerne drucken; er solle ihnen bitte das gesamte Manuskript schicken. Sohen war überglücklich und lief in die Küche, um Tante Sofie den Brief zu zeigen. Madir war mittlerweile ebenfalls neugierig geworden und ins Haus gekommen.

Dann griff Sohen zum Telefon, um Lory anzurufen. „Hallo Lory, bist du auf der Arbeit oder zuhause?" Und ohne auf die Antwort zu warten, berichtete er ihr atemlos vom Brief des Verlages.

„Mensch, das ist ja klasse, Sohen", rief Lory begeistert. „Siehst du, ich habe es dir ja gesagt."

Dann erzählte Sohen seiner Freundin, wie es heute Morgen mit Madir gewesen war, verschwieg ihr aber, dass der das Feuer im Stall gelegt hatte. *Was würde sie denken, wenn ich ihr das erzählte,* dachte er. *Das Thema sollte besser ein für alle Mal beendet sein.*

„Ich habe heute Nachmittag frei und komme bei dir vorbei, wenn du magst", sagte Lory und machte ihn damit noch glücklicher. Sein Herz schlug jedes Mal höher, wenn er mit ihr sprach, weil sie ihm Mut machte wie niemand sonst.

\*\*\*

Kurz nach dem Mittagessen kam Lorys kleines Auto den Weg zur Farm entlanggefahren.

„Hallo Sohen", sagte sie, als sie ausgestiegen war, „ich bin gekommen, um dich abzuholen. Ich würde dich gern mit zu mir nehmen und dich meiner Familie vorstellen."

Sohen war überrascht und sah voller Scham an sich hinunter. „Dann muss ich mich zuerst waschen und umziehen", sagte er und rannte in sein Zimmer.

Tante Sofie und Madir saßen im Wohnzimmer, als Lory hereinkam.

„Hallo Lory, wie geht es dir? Ist alles in Ordnung?", fragte Tante Sofie.

„Ja, alles gut. Ich wollte Sohen abholen und mit zu meinen Eltern nehmen. Er kann auch bei uns essen, wenn du erlaubst."

„Ja, natürlich, das ist in Ordnung", sagte Tante Sofie. „Passt gut auf euch auf, und du grüß bitte deine Eltern."

Als Sohen wieder erschien und beide sich auf den Weg zum Auto machten, sagte Madir überraschend:

„Ich wünsche euch viel Spaß, und passt auf euch auf."

Sie stiegen ins Auto und winkten beim Losfahren fröhlich. Während der Fahrt erzählte Sohen seiner Freundin stolz von dem Brief vom Verlag.

„Dann musst du jetzt viel schreiben, wenn die die ganze Geschichte veröffentlichen wollen", sagte Lory.

„Ja, das werde ich auch tun. Aber manchmal ist es so, dass meine Gedanken blockiert sind und ich nicht mehr weiß, was ich noch schreiben soll. Dann denke ich an so viele Dinge, die ich aufschreiben müsste, weiß aber nicht, wo ich anfangen soll."

„Du wirst das schon hinkriegen", munterte ihn Lory auf.

Schließlich kamen sie bei Lorys Elternhaus an. Sie stiegen aus und gingen ins Haus. Lorys Eltern – sie war das einzige Kind – begrüßten Sohen herzlich. Nachdem sie sich eine Zeitlang unterhalten hatten, war es Zeit für das Essen. Sie setzten sich an den Tisch und fingen an zu essen. Lory berichtete ihren Eltern von Sohens Geschichten und erzählte, dass jetzt sogar ein Verlag auf ihn aufmerksam geworden war. Die Eltern waren sehr interessiert und wollten die Geschichte hören, die Sohen gerade schrieb. Dann erwähnte Lory auch das Feuer, das am Tag zuvor im Stall ausgebrochen war. Ihre Eltern fragten, ob alle wohlauf seien und ob man die Ursache des Feuers schon entdeckt hätte. Es sei ein elektrisches Problem gewesen, sagte Sohen, weil er seinen Bruder nicht bloßstellen wollte.

Nach dem Essen gingen sie auf Lorys Zimmer, und sie zeigte Sohen Fotos aus ihrer Kindheit. Er schaute sich die Bilder an, die aussahen, als hätte Lory eine glückliche

Kindheit gehabt. Er legte ihr die Hand auf
die Schultern und schaute sie zärtlich an.
Am liebsten hätte er sie geküsst, aber das
traute er sich nicht, und was hätten ihre
Eltern wohl dazu gesagt?

***

Der Abend war wunderschön für Sohen, und
er fühlte sich in Lorys Familie willkommen
und geborgen. Sie und ihre Eltern redeten
auf ihn ein, dass er unbedingt zur Schule
gehen müsse.

„Ja, das würde ich auch gerne", sagte Sohen.
„Aber es geht nicht. Tante Sofie ist schon alt,
und Madir trägt die ganze Last allein. Und
ich muss ihm helfen, die Tiere und das Land
zu versorgen."

Schließlich war es spät geworden, und Sohen meinte, er müsse jetzt nach Hause.

„Natürlich, Sohen, ich fahre dich", sagte Lory und stand auf.

„Kommt nicht in Frage", sagte ihr Vater und stand ebenfalls auf. „Es ist spät und dunkel, und ich möchte nicht, dass euch etwas passiert. Deshalb werde ich dich fahren."

Sohen bedankte sich bei Lorys Mutter für das tolle Abendessen, und sie stiegen ins Auto von Lorys Vater.

Zuhause angekommen, sah Sohen, dass im Stall Licht brannte.

„Das muss Madir sein, der nach den Tieren schaut", sagte Sohen. „Da gehe ich gleich mal hin. Vielen Dank fürs Fahren", bedankte er sich bei Lorys Vater.

„Es war mir ein Vergnügen, und ich freue mich, dich kennengelernt zu haben", antwortete dieser freundlich.

## 07 - Die Kiste

Nachdem Sohen sich auch von seiner Freundin verabschiedet hatte und das Auto verschwunden war, stand er noch eine Weile auf dem Hof. Er war so glücklich – und er war verliebt, das wusste er jetzt ganz genau. Dann lief er in den Stall. Dort saß Madir auf dem Boden.

„Was machst du hier?", fragte Sohen seinen großen Bruder.

„Mir ist aufgefallen, dass die Kuh heute überhaupt nicht gefressen hat. Deshalb wollte ich sie beobachten."

Wieder einmal wurde Sohen bewusst, wie sehr sein Bruder die Tiere liebte. Und das war für ihn immer ein Zeichen dafür gewesen, dass er kein schlechter Mensch war.

„Wie war es bei Lorys Familie?", fragte Madir. „Waren die okay?"

„Oh ja, es war schön, die Leute sind echt nett. Das hätte ich nicht erwartet", sagte Sohen freudig.

„Na, dann müssen wir ja bald über eine Hochzeit nachdenken", lachte Madir. „Aber im Ernst, ich freue mich sehr für dich, Sohen."

Sohen konnte kaum glauben, dass sein Bruder das wirklich gesagt hatte. *Was ist bloß mit ihm passiert? So nett war er noch nie zu mir. Es ist wunderschön zu sehen, wie er sich verändert hat.*

„Komm, Madir, lass uns ins Haus gehen, es ist spät", sagte Sohen.

„Geh ruhig schon", sagte Madir, „ich bleibe noch ein bisschen und schaue, was die Kuh macht."

*Er hat wirklich ein großes Herz,* dachte Sohen. *Ich werde davon in meinem Buch berichten.*

„Okay, Madir, dann gehe ich schon mal. Bleib nicht mehr zu lange, es ist kalt; nicht dass du dich erkältest."

„Ich komme gleich. Geh du und schreib dein Buch fertig."

Sohen traute seinen Ohren nicht. *Was hat er da gesagt? Ich soll mein Buch fertigschreiben? Das ist unglaublich. Es ist ein Wunder, wie sich mein Bruder plötzlich verändert hat.*

Sohen ging ins Haus. Tante Sofie war schon schlafen gegangen, und so ging er in sein Zimmer, legte sich aufs Bett und fing sofort an zu schreiben. Die Gedanken, die ihm im Kopf herumschwirrten, fühlten sich an wie ein Schiff, das über einen großen Ozean segelt. Fantasie und Realität vermischten sich. Er schrieb und schrieb, bis ihm der Stift aus der Hand fiel und er einschlief.

*** 

Tante Sofie hatte wie immer das Frühstück zubereitet. Es gab gekochte Eier, Käse, Marmelade und Toast. Nur Madir fehlte. „Wo ist Madir, Tante?" fragte Sohen.

„Na, ich vermute, er ist wieder früh aufgestanden und schon in den Stall gegangen."

„Da schaue ich lieber mal nach", sagte Sohen. „Gestern Abend war er nämlich ganz spät noch im Stall, weil er sich Sorgen um eine Kuh gemacht hat, die nicht gefressen hatte."

Sohen überlegte nicht lange, sondern lief in den Stall. Tante Sofie folgte ihm. Dann trauten sie ihren Augen nicht: Madir lag auf dem Boden im Stroh und schlief.

„Madir, mein Junge, wach auf", sagte Tante Sofie sorgenvoll.

Er öffnete die Augen, sah um sich und fragte: „Wie spät ist es?"

„Es ist Morgen, Madir. Du hast hier im Stall geschlafen. Komm schnell ins Haus, hier ist es doch viel zu kalt", drängte Sohen, nahm eine Decke, die an einem Haken an der Stallwand hing, und legte sie um seinen Bruder.

„Übrigens, der Kuh geht es wieder besser", sagte Madir.

„Das ist gut. Und toll, dass du dich so um sie gekümmert hast, Madir", sagte Tante Sofie.

„Und jetzt lasst uns frühstücken."

Sie gingen ins Haus, setzten sich an den Tisch und aßen.

„So, mein Bruder", sagte Sohen schließlich, „dann kümmere ich mich heute um die Tiere, und du legst dich schlafen."

„Ja, er hat Recht, Madir", bestätigte Tante Sofie, „du warst die ganze Nacht im Stall und musst dich jetzt erst einmal erholen. Und bitte tu das nicht wieder, okay?"

„Ist alles gut, ihr zwei, es geht mir gut", lächelte Madir. Und dann lachten alle drei befreit und freuten sich über die gute Stimmung im Haus.

„Lass Sohen sein Buch zu Ende schreiben, und ich kümmere mich um die Tiere, sobald ich mich etwas ausgeruht habe", sagte Madir dann.

Tante Sofie freute sich, dass sich die Brüder so gut verstanden und sich gegenseitig unterstützen wollten. Sie hatte Mitleid mit Madir, weil dieser so hart arbeitete, und mit Sohen, weil der nicht zur Schule durfte.

Aber in ihrer Welt und in dem Dorf, in dem sie lebten, wurde der Landwirtschaft schon immer mehr Aufmerksamkeit geschenkt als der Schule. Nur wenige Kinder gingen regelmäßig zur Schule. Die meisten Eltern vertraten den Standpunkt, dass ihre Kinder ein gutes Einkommen brauchten, und das erreichten sie nur durch die Arbeit im Stall und auf dem Feld. Dieses Denken war natürlich eine Katastrophe, aber so war es nun einmal.

\*\*\*

Später am Morgen kam das Postauto angefahren. Sohen rannte sofort hin, obwohl er keinen Brief von seinem Verlag zu

erwarten hatte, denn schließlich war sein
Buch ja noch nicht fertig.

„Haben Sie heute etwas für mich?", fragte er
den Postboten.

„Nein, Sohen, aber ich habe einen Brief für
deine Tante."

Sohen brachte Tante Sofie den Umschlag und
ging in den Stall. Er wollte so viel wie
möglich erledigen, während Madir sich
ausruhte.

Als er schließlich den Schweinekober
säuberte, entdeckte er plötzlich eine Falltür
im Boden. *Was wird denn das sein,* dachte er
überrascht, *davon wusste ich ja gar nichts. Gibt
es hier etwa einen Keller?*

Er zog am Griff der eisernen Tür. Dieser war
ziemlich verrostet, und er musste viel Kraft

aufwenden, bis sich die Tür ein wenig bewegte. Dann holte er eine Schaufel und benutzte sie als Hebel, um die Falltür so weit zu öffnen, dass er durch den Spalt kriechen konnte. Es war stockdunkel dort unten, und so holte er zuerst eine Taschenlampe. Als er in das Loch hinunterleuchtete, sah er eine Holztreppe. Er zwängte sich durch die Öffnung und stieg auf die Treppe. Sie knarrte vernehmlich, und er bekam etwas Angst. Er ging ein paar Stufen hinunter und leuchtete mit der Taschenlampe umher. Er sah einen kleinen, quadratischen Raum, an den Wänden hingen verschiedene Arbeitsgeräte und einige große Schneidmesser. Sohens Herz schlug bis zum Hals.

An der Wand sah er einen Lichtschalter. Er drehte ihn um, und der Raum wurde in ein schummriges Licht getaucht. Obwohl er nach wie vor große Angst hatte, ging Sohen die restlichen Stufen hinunter und stand bald in dem kleinen, geheimnisvollen Raum. In einer Ecke stand eine kleine Eisenkiste, die seine Aufmerksamkeit auf sich zog. Was da wohl drin war? Die Kiste war mit einem kleinen Vorhängeschloss gesichert. *Ich muss unbedingt wissen, was da drin ist,* dachte Sohen. Er nahm sich einen Hammer vom Haken an der Wand und schlug solange auf das Schloss, bis einer der Zapfen heraussprang. Voller Spannung hob er den Deckel der Kiste hoch und schaute hinein.

„Oh mein Gott!", keuchte Sohen. Die Kiste
war voller Geld. Er rieb seine Augen und
versuchte sich zu vergewissern, dass er nicht
träumte. Es berührte vorsichtig das Geld.
*Das ist ja Wahnsinn*, dachte er. *Jetzt haben wir
genug Geld, um gut zu leben. Andererseits – ich
könnte das ja für mich behalten und es
niemandem erzählen. Ich könnte zur Schule
gehen und in eine große Stadt und dort meine
Bücher veröffentlichen.*

„Sohen, wo bist du?", riss ihn Madirs
Stimme plötzlich aus seinen Gedanken.
Schnell klappte er den Deckel der Kiste
wieder zu und schob diese unter eine
Werkbank. Dann huschte er schnell die
Treppe hinauf, verschloss die Falltür und
verteilte etwas Stroh darüber.

„Ich bin hier im Stall, Madir", rief er. „Ich bin fast mit der Arbeit fertig und komme gleich zum Essen."

## 08 - Madir

Der gestrige Tag war anstrengend gewesen, und Sohen hatte die ganze Zeit nachgedacht, was er wegen des gefundenen Geldes unternehmen sollte. Mittlerweile war ihm klargeworden, dass er es nicht für sich selbst behalten würde. *So etwas würde nur ein böser Mensch tun,* dachte er, *und so bin ich nicht.* Es war zehn Uhr morgens und er war mit Tante Sofie allein, während Madir bereits im Stall war.

„Tante Sofie, ich muss dir etwas erzählen", sagte er leise.

„Oh nein, mein Sohn, bitte sag nicht, dass schon wieder etwas zwischen euch passiert ist", sagte Tante Sofie besorgt. „Habt ihr schon wieder gestritten?"

„Nein, nein, Tante, es ist nichts Schlimmes passiert", beruhigte Sohen sie. Und er berichtete ihr von seinem Fund im Stall. Bevor Tante Sofie etwas dazu sagen konnte, klingelte das Telefon. Es war Lory.

„Warte, Sohen", warnte ihn die Tante, „sag Lory nichts von dem Geld. Das darf niemand wissen. Wer weiß, was die Leute dann über uns denken. Und vielleicht bekommen wir sogar Schwierigkeiten mit dem Staat."

Sohen hielt sich an die Vorgabe, sprach mit Lory ein wenig über dieses und jenes und verabredete sich mit ihr für den nächsten Tag.

*Gott sei Dank, er hat ihr tatsächlich nichts verraten,* dachte Tante Sofie erleichtert.

Nachdem Sohen aufgelegt hatte, nahmen sie
das Gespräch wieder auf.

„Jetzt müssen wir überlegen, was wir
machen", sagte Tante Sofie. „Und wir
müssen es Madir sagen."

War es wirklich eine gute Idee, Madir von
dem Geld zu erzählen? Konnten sie ihm
vertrauen? Aber sie mussten es mit ihm
besprechen, er war Teil der Familie, trotz
allem, was passiert war. Wenn sie weiterhin
Harmonie untereinander haben wollten,
mussten sie ehrlich zu einander sein. Also
beschlossen sie, Madir einzuweihen.

Sie gingen in den Stall, und Sohen zeigte
ihnen den Kellerraum sowie die Schatzkiste.
Tante Sofie und Madir waren fassungslos. Sie
packten das Geld aus der Kiste und stopften

es in ihre Taschen. Dann entdeckten sie einen Zettel auf dem Boden der Kiste. Dort stand eine handschriftliche Notiz:

„Meine Söhne, nehmt dieses Geld, lasst es euch gut gehen und achtet aufeinander. Und sagt niemandem, dass ihr es habt."

„Was hat das zu bedeuten?", kratzte sich Madir am Kopf.

„Ich weiß es", platzte Sohen heraus. „Das ist von unseren Eltern. Weißt du noch, dass wir uns gefragt haben, warum im Testament nur das Haus und der Stall erwähnt wurden, aber kein Geld? Sie haben es, anstatt es zur Bank zu bringen, hier für uns versteckt, damit wir etwas haben, falls ihnen etwas zustößt."

„Ja, ich glaube, Sohen hat Recht", sagte Tante Sofie mit Tränen in den Augen. „Eure Eltern wollten, dass ihr gut versorgt seid. Und jetzt müssen wir gut überlegen, was wir mit dem Geld anfangen."

Madir war sofort klar, was er wollte, nämlich den Stall reparieren und vergrößern, vielleicht ein paar Maschinen anschaffen und Arbeiter einstellen.

„Und ich will zur Schule gehen", sagte Sohen aufgeregt. „Ihr wisst ja, dass es mein größter Wunsch ist, Schriftsteller zu werden. Den Wunsch kann ich mir jetzt erfüllen."

„Und was wünschst du dir, Tante Sofie?", fragte Madir. Sohen war beeindruckt, dass Madir auch die Tante nicht vergaß.

„Mein größter Wunsch ist, dass ihr beide glücklich und in Harmonie miteinander lebt und ich ruhig und zufrieden sterben kann. Sonst brauche ich nichts. Und nun lass uns ins Haus gehen und Pläne machen."

***

Für die kleine Familie schien ein ganz neues Leben zu beginnen. Der Frühling kam, die Bäume schlugen aus und es wurde wärmer. Madir hatte längst mit der Renovierung des Stalles begonnen, während Sohen unermüdlich in sein Tagebuch schrieb. Die Tage vergingen im Nu. Lory setzte ihr Praktikum im Krankenhaus fort, und sie und Sohen trafen sich häufig.

Eines Abends saßen Tante Sofie, Madir und Sohen beim Essen, als Madir plötzlich blass wurde und meinte, er fühle sich nicht gut. Tante Sofie brachte ihn sofort ins Bett. Er hatte hohes Fieber. Tante Sofie machte die ganze Nacht Kompressen und Wadenwickel, um die Temperatur zu senken, aber Madirs Zustand verbesserte sich nicht. Am nächsten Morgen riefen sie den Doktor herbei, der zunächst auf einen Virus tippte. Nachdem er Madir jedoch eingehend untersucht hatte, nahm er Tante Sofie und Sohen mit nach draußen.

„Es tut mir sehr leid, aber der Junge hat einen Tumor in der Lunge, der bereits ziemlich gewachsen ist."

Für Sohen und seine Tante brach eine Welt zusammen, und sie fielen sich weinend in die Arme. *Gerade, als wir dachten, dass sich alles zum Besseren gewendet hat, schlägt das Schicksal wieder zu*, dachte Sohen verzweifelt. Lory kam mit ihren Eltern ins Krankenhaus, um Sohen und seiner Tante beizustehen. Alle fragten sich, wie es möglich war, dass niemand Madirs Zustand bemerkt hatte, auch er selbst nicht.

\*\*\*

Später bat Madir darum, unter vier Augen mit Sohen sprechen zu dürfen.

„Mein lieber Bruder, ich weiß, das mir nicht mehr viel Zeit bleibt, bevor die Krankheit mich besiegen wird. Ich bitte dich, mir alles zu verzeihen, was ich getan habe. Und ich möchte, dass du ein starker Mann bist. Ich möchte, dass du dein Buch fertigstellst. Ich bin sicher, eines Tages wirst du deinen Traum verwirklichen."

Diese Worte trafen Sohen tief ins Herz. Er weinte wie ein Kind. Es spielte jetzt keine Rolle mehr, was passiert war. Was zählte, war das Jetzt. Er würde seinen Bruder verlieren, und das wäre der zweite große Schlag für ihn.

Nachdem Madir eingeschlafen war, verließ Sohen das Zimmer. Wahrscheinlich würde es die letzte Nacht für seinen Bruder sein, darauf mussten sie sich vorbereiten. Sie versammelten sich mit Tränen in den Augen im Korridor. Lory nahm wortlos seine Hand.

Ihre Eltern waren auch da und versuchten, Tante Sofie zu trösten, die immerzu sagte, dass es doch besser wäre, wenn sie stürbe anstelle von Madir.

Später, als es zu Ende ging, saßen sie alle an Madirs Bett, bis er schließlich nicht mehr atmete. Er war so jung gestorben, eine Blume, die verdorrte, bevor sie spross. Das Weinen um ihn nahm kein Ende.

Zur Beerdigung kam fast das ganze Dorf, aber niemand außer Sohen und Tante Sofie hatte Madir nahegestanden. Er hatte nie viele Freunde gehabt und seine Zeit in den letzten Jahren fast nur noch im Stall und auf dem Feld verbracht. Das war Madir gewesen.

## 09 – Die Verlobung

Nun begann nach dem Tod der Eltern und dem Geldfund wieder ein neues Leben für Sohen und seine Tante, diesmal ein Leben ohne Madir. Während Sohen sehr von Lory getröstet wurde, saß die Tante allein zuhause und hatte keine Kraft mehr, die anfallende Arbeit zu erledigen. Sie grübelte darüber nach, wie es weitergehen sollte. Wer würde die Arbeit machen? Wer würde mit der Renovierung des Stalles weitermachen, die Madir begonnen hatte? Tränen stiegen ihr in die Augen. Vielleicht war es besser, wegzugehen. Sohen könnte in die Schule gehen, wie es schon immer sein Traum gewesen war.

Während sie noch darüber nachdachte, kam Sohen gemeinsam mit Lory nach Hause. Tante Sofie sah, wie gut es Sohen tat, mit dem Mädchen zusammen zu sein. Sie trocknete schnell die Tränen, damit die Jugendlichen nicht sahen, dass sie geweint hatte, und begrüßte sie vor der Haustür.

„Tante, Tante, wir wollen dir etwas sagen", redeten beide gleichzeitig auf sie ein.

„Dann schießt los, meine Lieben", sagte Tante Sofie und versuchte, aufmunternd zu lächeln.

„Wir haben beschlossen, uns zu verloben!", platzte Sohen mit der Neuigkeit heraus.

„Was?" Die Stimme von Tante Sofie überschlug sich fast. „Das ist ja eine tolle Nachricht. Kommt her und lasst euch umarmen. Da macht ihr mir ja eine so große Freude. Das müssen wir feiern, unbedingt. Übrigens muss ich euch auch etwas sagen", fuhr sie fort und berichtete dem jungen Paar, was sie sich überlegt hatte. „Aber jetzt müssen wir erst einmal eure Verlobung feiern."

Sie gingen hinein und stießen freudig lachend miteinander an. Später klopfte es an der Tür, und zu aller Freude erschienen Lorys Eltern.

„Wie schön, dass ihr da seid, kommt rein", sagte Sohen glücklich. Lory hatte ihre Eltern bereits über die Verlobung informiert, und Sohen war froh, dass sie ihre Zustimmung gegeben hatten. Denn das verlangte die Tradition im kleinen Dorf.

Sie feierten bis tief in die Nacht. Alle waren glücklich, nur Sohen vermisste seinen Bruder. Es war das erste Mal seit Madirs Tod, dass im Haus gefeiert und gelacht wurde, und trotz des Ärgers, der auch zwischen ihnen gewesen war, hätte Sohen alles dafür gegeben, wenn sein Bruder jetzt auch da sein hätte können. Aber nun musste er es so nehmen, wie es kam, die Vergangenheit abstreifen und an die Zukunft denken, die geheimnisvoll, aber auch vielversprechend vor ihm lag.

***

Ein paar Tage waren vergangen. Sohen hatte mit Lory besprochen, was Tante Sofie vorgeschlagen hatte, und am Ende waren sie beide der Meinung, dass sie es so machen würden. Das teilten sie der Tante nun mit. Sie würden ihren Rat befolgen und in die Stadt ziehen. Sohen würde zur Schule gehen, während Lory ihr Praktikum beenden und dann eine medizinische Ausbildung machen würde. Auch wenn es für Sohen nicht einfach war, wegzugehen, weil er hier aufgewachsen war und viele Erinnerungen, besonders an die Eltern und Madir, zurücklassen musste, war ihm klar, dass die Erinnerungen immer in seinem Herzen sein würden und man manche Dinge einfach loslassen muss.

Auch für Tante Sofie war es nicht einfach, wegzugehen. Aber es war sicher für alle das Beste, besonders für Sohen.

So stellten sie den Hof zum Verkauf. Bis ein
Käufer gefunden war, würde es weitergehen
wie bisher.

***

Es dauerte einen Monat, bis eines Tages
frühmorgens das Telefon klingelte. Tante
Sofie sprach mit dem Anrufer, der sich für
den Hof interessierte, und vereinbarte einen
Besichtigungstermin für den gleichen Tag.
Mittags erschien ein Auto auf dem Weg zum
Hof, und eine Familie mit zwei Jungen und
einem Mädchen stieg aus.
„Hallo, wir haben telefoniert", sagte der
Mann.

„Ja, herzlich willkommen", sagte Tante Sofie, „kommen Sie nur herein." Sohen nickte den Besuchern zu, sagte aber nichts.

Tante Sofie zeigte den Interessenten den ganzen Hof mit dem fast fertig renovierten Stall. Nachdem sie fertig waren, gingen die Frau und der Mann alleine um das Anwesen herum und unterhielten sich. Die Kinder spielten solange Nachlaufen auf der Wiese. Dann kamen die Frau und der Mann zurück.

„Wir haben uns entschieden, den Hof zu kaufen. Wir können uns gleich morgen beim Notar treffen und die Papiere unterzeichnen, wenn Sie einverstanden sind."

„Großartig", sagte Tante Sofie, obwohl ihr Gesicht ein wenig traurig aussah. „Wollen Sie noch hereinkommen und etwas trinken?"

„Nein, vielen Dank", antwortete die Frau, „wir müssen dann jetzt los und zur Bank fahren, um alles vorzubereiten für morgen."

„Gut, dann bis morgen", sagte Tante Sofie, und die fünf stiegen ins Auto und fuhren weg.

Kaum waren sie verschwunden, erschien das Postauto auf dem Weg zum Hof.

„Sohen, heute habe ich einen Brief für dich", sagte der Postbote freundlich.

„Vielen Dank, Sir", sagte Sohen höflich und riss ihm den Brief fast aus der Hand. Sein Herz schlug ihm bis zum Hals. Tante Sofie schaute lächelnd zu, als er den Umschlag ungeduldig öffnete.

Er las laut vor, damit die Tante es auch hörte.

„Sehr geehrter Herr ….", fing der Brief an, …
„wir sind von Ihrem Manuskript sehr
beeindruckt und werden es veröffentlichen.
Uns hatte bereits der erste Teil gefallen, aber
der Schluss war dann noch besser. Wir sind
begeistert und bitten Sie, uns zu
kontaktieren, damit wir uns treffen und
einen Vertrag machen können."

Tante Sofie schlug die Hände vors Gesicht.

„Mein Sohn, das ist ja unglaublich. Du hast
es tatsächlich geschafft."

Sohen konnte es kaum glauben. Sein Gesicht
strahlte vor Glück. „Ich muss sofort Lory
anrufen."

Er wählte die Nummer seiner Freundin. Als
sie abhob, sprudelte es nur so aus ihm
heraus. Sie müsse sofort kommen, er habe

ihr etwas Wichtiges zu sagen. Eine halbe Stunde später kam das kleine Auto den Weg entlanggefahren. Als Lory das Haus betrat, fiel ihr Sohen um den Hals.

„Was ist los, Sohen?", fragte sie lachend.

„Warum tust du so geheimnisvoll?"

Lächelnd gab er ihr den Brief vom Verlag. Sie las ihn, und in ihrem Gesicht zeigte sich ein warmes Lächeln.

„Oh wie schön, ich gratuliere dir, mein Schatz", sagte sie und küsste ihn. Tante Sofie sah den beiden zu und war ebenfalls außer sich vor Freude. Die drei setzten sich an den Küchentisch und feierten Sohens Erfolg.

## 10 – Die Verträge

„Bitte unterschreiben Sie hier", sagte der Notar. Also unterschrieben beide Parteien, und nun gehörte der Hof der anderen Familie. Dann legten sie noch fest, wann Tante Sofie und Sohen ausziehen würden. Währenddessen konnte Sohen es nicht erwarten, den Vertrag mit dem Verlag zu unterschreiben. Weil Tante Sofie zuhause war und Lory arbeiten musste, fuhr er alleine mit dem Bus zu dem Treffen. Er genoss die Fahrt, schaute aus dem Fenster und erinnerte sich an seine Eltern und seinen Bruder, die er so sehr vermisste. *Wie sehr würde ich mir wünschen, dass ihr heute bei mir wärt,* dachte er und schwankte wieder einmal zwischen Freude und Trauer hin und her.

„Ist dieser Platz noch frei?", wurde er plötzlich aus seinen Gedanken gerissen. Vor ihm stand eine Dame in einem sehr eleganten Kleid. Sie setzte sich neben ihn.

„Fahren Sie auch in die Stadt?", fragte sie.

„Ja, meine Dame", antwortete er schüchtern.

„Was machen Sie so?", fragte die Frau weiter. Sie hatte gesehen, dass Sohen sein Tagebuch in den Händen hielt.

„Ich schreibe", sagte er.

„Ah ja? Und was schreiben Sie?"

„Ich habe eine Biografie geschrieben, und jetzt bin ich auf dem Weg zum Verlag, um sie zu veröffentlichen."

„Das klingt ja interessant", sagte die Dame.

„Also sind Sie ein Schriftsteller."

„Nein, nein, das ist mein erstes Buch", stellte Sohen klar.

„Dann haben wir ja etwas gemeinsam", sagte die Frau. „Ich bin nämlich Illustratorin und arbeite mit Autoren."

„Die Freude ist ganz auf meiner Seite", sagte Sohen etwas unbeholfen.

Der Bus hielt an.

„Entschuldigen Sie mich, hier muss ich aussteigen", sagte Sohen zu der Dame. Diese griff in die Handtasche und holte eine Visitenkarte heraus.

„Vielleicht kann ich Ihnen einmal behilflich sein. Gerne hätte ich Ihnen ein paar von meinen Illustrationen gezeigt, aber leider fehlt die Zeit. Kontaktieren Sie mich, wann immer Sie möchten, Sie sind herzlich willkommen."

Sohen nahm die Visitenkarte, bedankte sich und stieg aus dem Bus. Bald hatte er den Verlag gefunden, der sich in einem kleinen Gebäude befand. Er ging hinein, und als er im Vorraum stand, klopfte er an die Tür, auf der *Verleger* stand.

„Ja bitte, kommen Sie nur herein", hörte er eine tiefe Männerstimme, gefolgt von einem Husten. Sohen nahm seinen ganzen Mut zusammen und trat ein. Dort saß ein alter, gebrechlich wirkender Mann an einem Schreibtisch voller Papiere und Bücher.

„Komm ruhig näher, Junge", sagte der alte Mann einladend. „Was kann ich für dich tun?"

„Guten Tag, Sir, ich bin Sohen und komme wegen des Vertrages."

„Ach ja, das Manuskript. Ja, ich habe es mit großem Interesse gelesen, und es hat mich sehr berührt. Es war, als würde ich alles, was du geschrieben hast, selbst erleben. Wir haben es mittlerweile fertig überprüft und möchten es in den nächsten Tagen veröffentlichen."

Der alte Mann zog ein Dokument unter einem Stapel Papier hervor.

„Hier ist dein Vertrag", sagte er, „und hier ist ein Umschlag mit Geld. Das ist ein Vorschuss für dich."

Sohen hielt den Umschlag in den Händen und war völlig verwirrt. All das erschien ihm wie ein Traum.

Sie redeten noch eine Weile über das Buch, und Sohen erzählte dem alten Mann von seinem Leben. Dieser hörte aufmerksam zu und zeigte sein Mitgefühl für das, was dem Jungen schon alles passiert war. Dann fragte er Sohen, ob dieser noch etwas Zeit habe und vielleicht einen Spaziergang mit ihm machen wolle.

„Mit Vergnügen", sagte Sohen, der den alten Mann gleich sehr mochte.

Der Verleger zog eine Jacke an, und beide verließen das Gebäude. Sie gingen nebeneinander durch die Stadt.

„Vergiss nicht, mein Junge, das Leben hat Höhen und Tiefen", sagte der alte Mann. „Es ist wichtig, sich an die Vergangenheit zu erinnern, aber auch, nach vorn zu schauen.

Die Schule wird dir viele Dinge beibringen, aber niemand lehrt dich das, was dich das Leben lehrt. Ein Maler spielt mit seinen Farben, ein Schriftsteller mit den Worten. Denk immer an deine Wurzeln und wo du herkommst."

Sohen war verwirrt. Dieser alte Mann, der auf den ersten Blick eher kalt und rau ausgesehen hatte, schien doch ein Herz zu haben und ziemlich weise zu sein.

Als sie wieder vor dem Verlag ankamen, sagte der alte Mann: „So, Sohen, jetzt geh nach Hause und grüß mir deine Tante und deine Verlobte. Hoffen wir, dass dein Buch ein Erfolg wird."

Sohen bedankte sich und lief zur Bushaltestelle. Er brannte darauf, nach

108

Hause zu kommen und Tante Sofie und Lory
alles zu erzählen, was er erlebt hatte.

***

Als er zuhause ankam, warteten die beiden
schon ungeduldig. Lory nahm ihn zur
Begrüßung in den Arm und küsste ihn.
„Und, wie war es?", fragte Tante Sofie
gespannt.
„Es war gut, Tante Sofie, richtig gut", sagte
Sohen immer noch aufgeregt. Sie setzten sich
an den Tisch, und er berichtete von dem
alten Mann, der so einen kalten Eindruck
gemacht, sich aber dann als warmherzig und
klug erwiesen hatte.
Dann hatte auch Tante Sofie noch eine
Überraschung.

„Sohen, heute hat Borgo angerufen. In der Stadt ist ein Apartment zu verkaufen. Was sagst du dazu?"

Borgo war ein Nachbar, der natürlich mitbekommen hatte, dass sie den Hof verkauft hatten und in die Stadt ziehen wollten. Sohen wusste gar nicht, wo ihm der Kopf stand. Hier sein Buch und der Verlag, dort der Hof und jetzt das Apartment. Nun merkte er, wie es war, der Mann im Haus zu sein, das, was vorher sein lieber Bruder Madir gewesen war.

„Okay, Tante Sofie", sagte er entschlossen, „dann schauen wir uns morgen diese Wohnung mal an."

„Ich komme auch mit, wenn ich darf", meldete sich Lory.

„Warum nicht?", antwortete Tante Sofie. „Immerhin werdet ihr ja auch dort leben, also müsst ihr euch das Apartment auch gemeinsam ansehen."

Später verabschiedete sich Lory, gab Sohen noch einen Kuss und fuhr nach Hause. Am nächsten Morgen würde sie wiederkommen und ihn und Tante Sofie abholen. Diese ging schlafen, Sohen legte sich aufs Bett und begann zu schreiben. Zwischendurch schweiften seine Gedanken immer wieder ab, und er fragte sich, wie sein Buch wohl ankommen würde.

\*\*\*

Das Apartment war nicht besonders groß, aber komfortabel. Es gab drei Zimmer, einen langen Flur, Küche und Bad. Es gefiel ihnen allen, und bald beschlossen sie, es zu kaufen. Schnell waren die Formalitäten erledigt, und bereits nach ein paar Tagen zogen sie von dem Hof in die Stadt. In ihr altes Haus zog nun die Familie mit den drei Kindern ein. Sohen vermisste ein wenig die Ruhe und den Frieden draußen in dem kleinen Dorf; Tante Sofie vermisste die Tiere und Felder, aber sie wussten beide, es war das Beste für sie. Lory fühlte sich sofort heimisch; sie war in der Stadt aufgewachsen, deshalb musste sie sich nicht lange eingewöhnen.

***

Das Telefon klingelte. Sohen nahm den Hörer ab.

„Ja bitte?", sagte er höflich.

„Sohen, mein Junge, du hast es geschafft!", dröhnte die Stimme seines Verlegers durch den Hörer. „Du hast in den ersten Stunden schon tausend Bücher verkauft. Das wird ein Bestseller!"

„Was? Das ist ja super!" Sohen schien es, als könne er fliegen. Was für ein großartiger Moment. Tante Sofie und Lory fielen fast die Augen heraus, als er jubelnd aufsprang.

„Junge, auf diesen Erfolg müssen wir anstoßen, also komm zu mir in den Verlag", sagte der alte Mann.

Sohen war regelrecht berauscht vor Freude.

Er legte auf, griff sich seine Jacke und rannte

ohne ein weiteres Wort hinaus. Zum Glück

war der Verlag von ihrer neuen Wohnung

nicht weit entfernt. Lorys enttäuschten

Gesichtsausdruck bemerkte er nicht. Diese

versuchte, ihre Stimmung vor Tante Sofie zu

verbergen, als sie ankündigte, auch einmal

rausgehen zu wollen. Aber es gelang ihr

nicht, Tante Sofie spürte sehr wohl, dass das

Mädchen sich verletzt fühlte.

Als Sohen beim Verlag ankam, wartete der

alte Mann bereits mit einer Flasche

Champagner in der Hand.

„Komm rein, Junge, das muss gefeiert

werden. Ich habe es gewusst, ich habe sofort

geahnt, dass dein Buch erfolgreich sein

wird." Er legte seine Hand auf Sehens Schulter und umarmte ihn.

## 11 – Der Neuanfang

Die Zahl der Buchverkäufe stieg und stieg.

Mittlerweile waren die Zeitungen auf den

jungen Schriftsteller aufmerksam geworden

und schrieben über ihn. Er war plötzlich eine

kleine Berühmtheit. Würde der Erfolg sein

Privatleben beeinflussen? Würde es ihm

gelingen, mit beiden Beinen auf dem Boden

zu bleiben?

Sohen schrieb Tag und Nacht an einem

neuen Buch. Er vernachlässigte seine

Verlobte und seine Tante, deren Kräfte

täglich weniger wurden. *Alles, was er noch*

*wahrnimmt, ist sein verdammtes Buch,* dachte

Lory. *Mich sieht er überhaupt nicht mehr.*

*Vielleicht hatte Madir ja Recht, als er sich damals*

*immer über Sohen geärgert hat.* Sie war mit den Nerven am Ende.

Das Telefon klingelte. Lory nahm ab und fragte: „Wer ist da?"

Sie hörte kurz zu und rief Sohen. „Es ist für dich, Sohen. Eine Frau."

„Sie soll später anrufen", rief Sohen aus seinem Schreibzimmer.

„Sie sagt, es sei dringend", antwortete Lory. Nun stand Sohen doch auf und ging ans Telefon. „Ja bitte?"

„Hier ist Zamira, erinnerst du dich? Damals im Bus."

„Ach ja, hallo Zamira", sagte Sohen.

„Ich würde dich gern treffen, denn ich habe dir etwas Wichtiges mitzuteilen."

„Ja gut, gib mir deine Adresse, dann komme ich bei Gelegenheit vorbei", sagte Sohen.

„Wer war das?", fragte Lory, als er aufgelegt hatte.

„Ach, nicht so wichtig, sie arbeitet mit Buchillustrationen", antwortete Sohen kurz.

\*\*\*

Tante Sofie registrierte die Spannungen zwischen den beiden jungen Leuten. Sie hatte schon länger die Befürchtung, Sohens Erfolg könnte das Glück des Paares ruinieren. Es würde ihr sehr leid tun, wenn sie nicht mehr da wäre und Sohen irgendwann alleine da stünde. Vielleicht sollte sie einmal mit ihm reden.

Lory hatte das Gefühl, von Sohen verlassen worden zu sein. Er achtete kaum noch auf sie, seine Antworten waren kurz und knapp.

„Ich muss jetzt zur Arbeit", verkündete Lory. Sohen war bereits wieder in seine Schreiberei vertieft und achtete nicht auf sie. Als sie gegangen war, wollte Tante Sofie nicht länger schweigen und baute sich vor seinem Schreibtisch auf.

„Sohen, mein Sohn, wir müssen reden."

Sohen war so in sein Buch vertieft, dass er seine Tante gar nicht wahrnahm.

„Sohen", hob sie deshalb die Stimme, „wir müssen reden!"

Erst jetzt hob er den Kopf und fragte: „Was ist denn?"

Tante Sofie erzählte ihm, wie sich Lory zurzeit fühlte, und konfrontierte ihn mit seinen schlechten Manieren in der letzten Zeit.

„Die Kräfte verlassen mich jeden Tag mehr, Sohen. Und ich will nicht, dass du irgendwann ganz alleine mit deinen Büchern dastehst."

„Ja, Tante, ich habe verstanden. Ich werde mir von jetzt an Mühe geben."

Tante Sofie war nicht sicher, ob er das ernst gemeint hatte. Sie schaute ihm tief in die Augen und versuchte herauszufinden, ob das, was sie ihm gesagt hatte, zu ihm durchgedrungen war.

In diesem Moment klingelte das Telefon. Sohen sprang auf und nahm ab.

Er hörte kurz zu und sagte dann: „Ja, bis gleich." Als er seinen Mantel vom Haken nahm, fragte Tante Sofie:

„Wo gehst du hin?"

„Ich muss zum Verlag", antwortete Sohen und war schon aus der Tür hinaus.

Auf dem Parkplatz eines Geschäfts zwischen der Wohnung und dem Verlag wartete Zamira in einem Auto. Sie fuhr die Scheibe hinunter und sagte: „Komm, steig ein, Sohen."

Sohen stieg ein, und sie fuhr ohne ein weiteres Wort los.

„Wo fahren wir hin?", fragte Sohen. Zamira antwortete nicht. Dann hielt sie vor einem Wohngebäude an. Sie stieg aus und sagte mit schmeichelnder Stimme:

„Komm, lass uns reingehen." Sohen war ein wenig verwirrt und konnte sich nicht erklären, warum sie jetzt hier waren. Zamira öffnete die Wohnungstür, und sie gingen hinein.

„Willkommen in meiner Welt", sagte sie.

„Das ist meine Wohnung." Sie forderte ihn auf, sich hinzusetzen, und holte etwas zu trinken aus der Küche.

„Ich wollte mit dir über ein gemeinsames Projekt sprechen, Sohen. Wir beide könnten uns zusammentun. Deine Bücher mit meinen Illustrationen werden Bestseller. Wir werden erfolgreich und unbesiegbar sein. Wir werden die ganze Welt bereisen. Du musst nicht einmal mehr zur Schule gehen."

Er saß mit dem Glas in der Hand fassungslos da, ohne ein Wort zu sagen. Dann küsste sie ihn. Sie war mindestens zehn Jahre älter als Sohen und wusste genau, wie man einen jungen Mann verführte.

\*\*\*

An diesem Abend kam Sohen nicht nach Hause. Tante Sofie und Lory waren zuerst verärgert und dann besorgt. Was war mit ihm geschehen? Wohin war er gegangen? Fragen über Fragen, aber keine Antworten. Zuletzt beschloss Lory, beim Verlag anzurufen. Dort war er aber auch nicht. Der alte Mann sagte, er habe Sohen auch den ganzen Tag gesucht. Lory erinnerte sich, dass diese Frau, Zamira, kürzlich angerufen hatte,

und fragte den alten Mann, ob er sie kenne.
Tatsächlich wusste dieser, von wem die Rede
war, und hatte sogar ihre Adresse.

Lory machte sich auf, um Sohen zu suchen.
Sobald sie aus dem Haus war, verlor Tante
Sofie, die alles mitbekommen hatte, das
Bewusstsein. In einem letzten wachen
Moment versuchte sie, noch ans Telefon zu
kommen, aber vergebens. Diesmal war die
Aufregung zu viel für ihr schwaches Herz,
und sie starb auf dem Fußboden.

Währenddessen traute Lory ihren Augen
nicht. Auf dem Weg zu Zamiras Adresse war
sie an einer Bar vorbeigekommen und hatte
hineingeschaut. Und da stand Sohen und
küsste Zamira. Ihr war klar, dass die ältere,
attraktive Frau ihren Verlobten verführt

hatte. Sie konnte es kaum glauben. Ihr Herz schlug bis zum Hals. Sie hatte keine Kraft mehr und wäre am liebsten weggelaufen. Aber sie war auch wütend und wollte Sohen zeigen, dass sie seine Lügen nicht mehr hinnehmen würde. Sie ging in die Bar und auf die beiden zu. Als er sie sah, wurde er rot und senkte den Kopf.

„Schande über dich", sagte Lory, „und viel Glück mit dieser Frau. Der große und berühmte Schriftsteller, nichts weiter als ein großer Lügner. Und ich dachte, du wärst anders als die anderen. Da habe ich mich wohl geirrt."

Zamira hatte erkannt, dass dies Sohens Freundin war, und sagte nichts. Die Leute an der Bar sahen dem Schauspiel erstaunt zu.

Lory verließ die Bar und knallte die Tür hinter sich zu. Da wurde Sohen klar, was er getan hatte. Er sprang auf und sagte zu Zamira:

„Hier trennen sich unsere Wege, mach es gut."

Er lief nach draußen und suchte Lory, aber die war schon nicht mehr zu sehen. *Oh Gott, was habe ich nur getan? Denk nach, Sohen, denk nach. Was hat der alte Mann zu dir gesagt? Was haben dir deine Eltern, Tante Sofie und Madir immer gesagt? Wie ist es möglich, dass ich mich so verändert habe? Dann fiel ihm ein, was ihm Tante Sofie erst heute gesagt hatte. Oh Gott, Tante Sofie. Ich muss zu ihr. Sie wird mir helfen.* Sofort rannte er nach Hause. Und fand seine geliebte Tante tot auf dem Fußboden.

Eine Welt brach zusammen. Er vergoss bittere Tränen. Tante Sofie nicht mehr da. Lory nicht mehr da. Nun war er ganz allein, so wie die Tante gesagt hatte. *Jetzt würde ich alles dafür geben, dass es noch einmal so wäre wie früher.*

\*\*\*

Zu Tante Sofies Beerdigung erschienen auch der Verleger und Lorys Eltern. Tränen flossen. Sogar Lory war da, aber Sohen wusste, dass sie nicht wegen ihm, sondern nur wegen Tante Sofie gekommen war. Als sie ihm die Hand gab und ihre Anteilnahme ausdrückte, weil das die Tradition verlangte, sagte er leise mit Tränen in den Augen: „Es tut mir so leid. Ich liebe dich."

Lory antwortete nicht und ging zu ihren Eltern.

Als er nach der Beerdigung alleine in der leeren Wohnung ankam, hatte er das Gefühl, dies sei das Ende der Welt. Das Haus war genauso leer wie sein Herz. Er warf sein Tagebuch auf den Boden und nahm ein Seil, das er an der Korridorlampe befestigte.

Gerade als er das Seil um seinen Hals legte, ging die Tür auf, und der Verleger und Lory erschienen.

„Was tust du da?", schrie der alte Mann und riss ihm das Seil aus der Hand. Lory weinte lauthals und fiel ihm in die Arme.

„Ich liebe dich doch, du Mistkerl", weinte sie. Und Sohen weinte mit, vor Trauer, Glück und Erleichterung.

Der alte Mann sah ihnen mit Tränen in den Augen zu. Er freute sich, dass die beiden wieder zusammenfanden. Dann hob er Sohens Tagebuch auf.

„Du musst noch viel schreiben, mein Sohn, aber noch mehr lernen. Das Leben ist kurz. Umarme es und genieße es. Und mach keine Dummheiten." Ja, von diesem alten Mann konnte man viel lernen.

Am nächsten Tag beschlossen die beiden, ihre Koffer zu packen und für ein paar Tage in den Süden zu fahren. Sohen war noch nie weit von zuhause weg gewesen; ein Urlaub würde ihm guttun, und er würde einiges lernen über andere Menschen und fremde Kulturen. Sein Tagebuch wurde jeden Tag voller und sein Leben immer erfüllter.

Er hörte nie auf zu schreiben, aber jetzt war Lory immer dabei und wurde nicht mehr vernachlässigt. Seine Bücher und Geschichten wurden immer bekannter und beliebter. Sohen war mit ihnen gewachsen.

*Dir hat das Buch gefallen?*
*Über eine Rezension bei Amazon oder BoD,*
*würde ich mich sehr freuen.*
*Vielen Dank.*

*Ende*